Alexis RICHERT

Post-mortem

© Alexis RICHERT 2022

Édition : BoD – Books on Demand, info@bod.fr
Impression : BoD – Books on Demand, In de Tarpen 42, Norderstedt (Allemagne)
Impression à la demande

ISBN: 978-2-3224-2315-6
Dépôt légal: mai 2022

Prologue

Ce matin de mars, une légère brume s'échappait de la terre encore humide des champs, réchauffés lentement par un soleil dardant ses rayons d'or. La campagne respirait à plein poumon cet air revigorant, loin des cieux grisâtres, lourds et pluvieux de ces dernières semaines, et chaque brin d'herbe, en javelot étincelant, s'élevait comme un cierge majestueux remerciant le Seigneur de cette renaissance. Les saules frémissaient à peine, étendant leurs branchages prêts à éclore en mille paillettes de jade tout le long du petit ruisseau qui serpentait au creux de ce gai vallon, baigné d'un calme apaisant.

Louis se tenait sur le bord du chemin, admirant cet océan vert qui, parcouru de longues vagues, incessamment se renouvelait pour rester identique, imperturbable au tumulte du monde, aux vies affolantes des villes. La course du temps semblait s'être mue en une marche solennelle, lente, pour que chacun puisse y trouver sa place et pour l'admirer sans fin depuis cette estrade en long serpentin ocre qui la surplombait. Il avait cessé d'avancer pour un instant de repos, un instant de songe dans ce paysage qui dépassait sa compréhension. Il se sentait infiniment petit, tout heureux de n'être pas plus que ça ce matin, et de faire partie de ce tout majestueux, invité à la contemplation. Il avait le temps. Cette halte ne retarderait en rien ses pas puisqu'il allait déjà sans but depuis des jours. Dire qu'il eut manqué de loisirs, ou bien d'argent, n'aurait pas été vrai, car il jouissait d'un confort généreux qui aurait plu à nombre de ses semblables ; ce n'était pas suffisant et il avait décidé de partir. Mais pour comprendre son départ, il me faut vous raconter sa vie, ou bien seulement ce qui l'a poussé à fuir cette vie. Ne m'en voulez pas d'être un peu approximatif et de décrypter les faits et ses sentiments tels qu'il a pu me les laisser percevoir dans nos longues soirées de discussions, j'essayerai d'être le plus précis possible puisqu'il n'est plus là pour y apporter des retouches.

Chapitre 1

Bien que je le connusse depuis des années, l'enchainement des évènements semblait s'être accéléré il y a quelques mois, en fait depuis son dernier séjour dans les méandres des chambres sans âme de services hospitaliers aux noms plus barbares qu'accueillants. Au commencement de cette histoire, il était là, assis à l'une de ces petites tables en plastique qui bordaient l'une des sandwicheries du vaste hall de l'hôpital. Les yeux dans le vide, il ne contemplait rien, ou plutôt il contemplait l'étendue de ses jours de souffrance sans en tirer aucune joie à les avoir surmontés. Dans son regard sans teint se percevait juste un grand désarroi alors que l'espace et le temps lui étaient aussi vide que le mur blanc qui s'étendait au-delà de cette pièce où déambulaient pêle-mêle soignants et patients affairés chacun à raccommoder avec satisfaction l'existence des autres ou bien la leur, comme une effroyable logique où la vie semblait obligée en dépit du lot des difficultés qu'elle engendrait. Arrimés à leur pied à perfusion, des fantômes se raccrochaient à la joie sordide d'être encore là, arborant des sourires béats, comme si malgré leur âge ou leur faible santé il leur serait, une fois sortis, encore possible de soulever le monde. Eux ? Soulèveraient-ils encore leur maigre carcasse quelques mois ou années que ce serait déjà un miracle dont la science pourrait s'enorgueillir, bien que cela n'ait aucun sens. Quelle fantastique épopée leur était ainsi promise ? Celle de regagner leur trois-pièces-cuisine dans une de ces artères ternes et polluées de la capitale en attendant la visite de proches, compatissant un instant à leur solitude ou leur douleur ? Quelle aventure sans saveur ! Et pourtant cela leur suffisait à faire rayonner leur visage crayeux, sous une lumière blafarde entrant par le large toit vitré ouvrant sur l'azur un peu terni du ciel, qui d'ailleurs, réflexion faite, était la seule porte de sortie qui en valait finalement la peine dans cet antre de la médecine moderne. Cette ruche bourdonnante l'accablait d'une tristesse profonde, le répugnant à s'y mêler. Il était là mais absent, à l'écart autant que cela fût possible, attendant la venue de sa compagne pour l'extraire enfin de cet enfer que tant d'autres chérissaient. Pour elle, il s'était battu contre lui-même, et avait conservé un souffle de vie comme un étendard pointé dans les ténèbres, un feu sacré auquel il s'était raccroché tout en brulant encore un peu de ses dernières illusions. Il lui avait fallu, comme dans un ultime combat, pourfendre les ombres qui depuis des années revenaient, le relançaient, l'attiraient vers une fin certaine. Il chérissait cette fin que personne pourtant ne souhaitait lui accorder, alors rassemblant ce qui lui restait de force il l'avait une énième fois repoussée à regret et pour d'autres, ayant ainsi accompli son devoir aux yeux d'un monde qui ne comprenait pas son attente. Ainsi, il était à présent impassible, fondu dans cette masse qui lui était si pesante et dans laquelle il n'était qu'un atome inutile, comme tous, et formant ce tout auquel il n'aurait pas plus manqué qu'un autre, sauf pour ces yeux qui, d'un coup, le sortirent de sa torpeur. Deux topazes étincelants, perçant de leurs braises, qui savaient si bien raviver son cœur, leur jolies vitrines embuées par les premières larmes de bonheur. Il fit un effort pour recouvrer ses sens et percevoir, dans la brume obscure de ses pensées, d'abord le rouge écarlate surlignant les lèvres d'ange qu'il avait si souvent embrassées, puis le visage divin qui venait à lui comme une apparition mystique, encadré d'éclats d'or dans lequel jouaient en doux reflets les lumières solaires. Une pression douce comme la soie, venait de saisir sa main. Elle était là, lui parlant tendrement et le tirant déjà vers les portes qui lui avaient été jusque-là interdites. Sans un mot, il respirait enfin à plein poumon l'air chaud et sec du parc ombragé qui menait au monde des vivants, la cohue, les cris, les bruits d'une ville en pleine activité et la touffeur éreintante des boulevards cuits par le soleil électrisaient les passants, les rendant prompts à parler fort, pester, s'éviter autant que cela était possible. Ce contraste violent le saisit et il chancela, se raccrochant au bras de son aimée. La chaleur l'écrasait de son joug de plomb et il eut un instant l'envie de faire demi-tour. Il ne s'était pas imaginé reprendre pied si crûment dans la réalité, et bien qu'il eût jusque-là désiré intensément retrouver les plaisirs d'une vie normale avec ses cafés ou ses restaurants, il ressentit un moment de peur et de dégout en observant ces faces luisantes d'une sueur répugnante, ses visages fatigués et maussades, les traits tirés, aboyant plus que ne parlant et virevoltant en tous sens. Résolument, il n'avait pas plus d'empathie pour ces gens de l'extérieur que pour ces malades qu'il avait croisés dans le vaste hall un peu avant. C'est d'ailleurs cette réflexion d'un même écœurement qui le poussa à se reprendre et à accélérer sa marche en cherchant des yeux la voiture qui le tirerait de ce mauvais pas. Dans l'habitacle capitonné et climatisé, il se sentit en sécurité et put regagner le cours de ses rêveries, car un peu las, il n'avait pas non plus envie de parler avec Justine. Elle le comprendrait sans doute, du moins il le pensait, car sa nature douce et aimante la poussait à toujours respecter ses silences et ses retranchements de plus en plus fréquents, et ce, déjà bien avant cet incident qui le mena une fois de plus à une hospitalisation. Les à-coups, les embouteillages, l'insupportable balai des véhicules trop nombreux pour prendre ces voies circulaires, oppressant agglomérat de vies fades, d'hommes pressés, de travailleurs stressés, de gens regagnant leur domicile après une journée harassante où le sommeil allait être leur seule autre activité, ne faisaient qu'accroitre son envie de solitude. Il se réjouissait de ne pas avoir à conduire dans ce flot bigarré de boites se traînant péniblement en accordéon, tout en étant chagriné d'être prisonnier dans cette cohue absurde. Il espérait, passé enfin Orly, voir la vitesse augmenter, et sortir de cette interminable amoncellement d'immeubles et de petits pavillons tassés les uns contre les autres, dans lesquels s'ébattait une faune humaine repoussante quand l'on pense à leurs manies quotidiennes, leurs repas, leurs copulations sordides et ces milles petites choses habituelles et répugnantes à y regarder avec un œil perspicace et réaliste. Ce trajet était interminable et le privait de ses retrouvailles avec le calme des arbres majestueux bordant les champs et les massifs encore fleuris en mille touches colorées auprès desquels il s'imaginait voir quelques tableaux de Monet, de Pissarro ou de Caillebotte. Il aimait cette campagne bercée par le vent doux de septembre. C'étaient ces longues pauses au creux du jardin qui lui avaient le plus manqué, plus encore que Justine qui pourtant le chérissait. Elle conduisait sans un mot, mais joyeuse, tandis que perdu dans ses pensées il lui souriait sans pourtant y penser mais sans jamais lui avouer cette distance involontaire qu'il avait mise entre lui et ses proches, lui et son aimée, pour se protéger sans doute – il aurait été dangereux, par un mot malheureux, de risquer de perdre celle qui encore lui permettait d'espérer non pas un avenir mais au moins un havre de paix pour le temps qu'il lui restait – et de peur de ne trop la peiner. La voiture avait quitté la capitale, puis l'autoroute, et devant ses yeux s'ouvrait un long ruban gris sillonnant la campagne, dévoilant toujours de nouveaux paysages – une nouveauté révélée même sur des trajets habituels, là où la variation des couleurs, les fluctuations des floraisons, les arbres tombés qui en font surgir d'autres encore inaperçus, nous portent à raviver notre attention, à nous extasier d'un détail, à rêver d'un lieu aujourd'hui et le délaisser le lendemain pour un autre, vouloir être là et ailleurs l'instant suivant – qu'à présent il fixait avec admiration. La nature fait, pour un esprit rêveur, détester la morne habitude des lieux figés, des quartiers trop soigneusement entretenus jusqu'à en devenir identiques au fil des jours, des espaces clos de certitude tant la vie y a été maitrisée et dominée pour rassurer ceux que le changement pourrait inquiéter, pour faire taire l'imagination et se fondre dans l'absolu d'un présent répétitif. Il regardait donc ce paysage défilant sous ses yeux avec enchantement, la grisaille des villes avait disparu et il avait posé en un geste tendre, et un peu machinalement aussi, sa main sur la cuisse de sa compagne qui le menait vers leur logis, mais il ne pensait déjà plus à cette main, pris par l'attente de retrouver la grande terrasse, les transats, le jardin. Il avait hâte de profiter du soleil et du confort de cette maison que Justine avait agencée en tenant compte de ses goûts pour en faire une retraite paisible. Il avait attendu impatiemment ce moment en imaginant ses longues heures de convalescence à lire, et pourtant, au fond de lui il savait déjà qu'il ne leur trouverait plus de charme d'ici quelques semaines. Plus qu'à son habitude, depuis ce dernier séjour hospitalier, il sentait une lassitude l'envahir à devoir se borner aux mêmes lieux, se sentir prisonnier des mêmes meubles et des pas cadencés du temps, inexorablement réglés sur la vie de la société. Il lui fallait fournir un effort pour convenir qu'il ne pouvait en être autrement et pour y voir de l'intérêt quand pourtant cela l'éreintait rien qu'à en évoquer l'idée. Il finirait par s'en contenter, avec tristesse sans doute, par cette obligation qu'il se faisait à se sentir joyeux pour plaire à ceux qui l'entouraient de leur affection.

Chapitre 2

La maison, un solide corps de ferme du début du dix-neuvième siècle, pour partie en pierres de taille provenant probablement de diverses ruines alentours – le donjon arasé de La Motte était le plus vif marqueur de ces époques où l'on déconstruisait le passé sans se soucier du devoir de mémoire pour l'avenir – présentait de l'extérieur toute cette rigueur froide, imposante, autoritaire et bourrue comme l'étaient les paysans enrichis ayant le sens du travail de la terre, dur et exigeant. Haute, avec son vaste étage puis au-dessus son grenier aménagé jadis en chambrettes pour les journaliers ou la bonne, elle imposait sur la campagne environnante sa stature massive et protectrice, se riant des caprices du temps, de ses bourrasques impétueuses, de ses gifles de grêle, ou de son soleil trop ardent. Il paraissait inconcevable qu'un tel bâtiment puisse un jour disparaitre naturellement et cela le rassurait instantanément quand il y entrait, non seulement par cette force qu'y s'en dégageait, mais aussi par le réconfort qu'il offrait, en été par sa fraicheur, quand la chaleur harassante use les organismes même sous l'ombre des grands arbres, et en janvier par sa chaleur, près des vastes cheminées prenant en tenaille l'édifice pour mieux en faire un cocon contre les frimas glaçants et humides. Il entra donc d'un pas rapide et retrouva la douceur de ce foyer où le temps semblait s'être arrêté durant son absence. Les meubles avaient conservé identiquement la même place, indiquant, sans nécessité de posséder le moindre talent de détective, que sa bien-aimée avait passé ici son temps à jouer à Pénélope, se morfondant avec une tristesse infinie. Il n'avait pas de mal à imaginer ses soirées au repas frugal, sans préparation, avant de gagner la solitude d'un lit devenu trop vaste pour qu'elle ne s'y sente pas perdue. Ainsi, tout était resté le plus fidèlement à l'image de son souvenir et sans difficulté il allait pouvoir reprendre ses habitudes, connaissant si bien ses fauteuils, son bar, ses apéritifs et digestifs, dont les niveaux n'avaient subi aucune dégradation, ses livres.

Il faut ajouter là, pour comprendre l'enchainement des évènements, que de ce mobilier, de cette décoration, de ce souhait d'un confort tourné plus exclusivement vers lui que vers elle, Justine était la seule responsable, organisant tout pour cet amour qui avait fini par devenir un monstre d'égoïsme dévorant son âme avec un appétit féroce et laissant vide le reste de sa vie. Choyé ainsi sans l'avoir voulu, il prenait plaisir à passer ses heures dans ce cadre taillé pour lui et pour ses loisirs, mais il y trouvait également une certaine gêne, se faisant le reproche d'être trop aimé quand il ne valait pas cet amour et de profiter malgré lui d'une situation qui entrainait une dépendance mutuelle mais non symétrique, lui qui ne sentait pas le besoin de créer un univers rien que pour elle. Non qu'il ne l'aimât point, mais il avait déjà fermé son cœur à des sentiments trop puissants. Il s'était dégagé d'inclinaisons trop fortes par habitude de regarder le monde avec détachement, mettant, via un mécanisme psychique acquis au fil des ans, une distance entre lui et les êtres qu'il aimait, pour ne pas souffrir de partir ou de les voir partir, et à force de répéter si quotidiennement cet exercice il avait fini par dompter un cœur qui pouvait avoir les plus vifs élans et qui devait immédiatement après se refermer pour ne pas s'emballer. De cette gymnastique, il souffrait souvent sans ne plus rien y pouvoir et s'attristait bien régulièrement de manquer de passion.

Ce soir-là, en rentrant dans cet univers si familier, il eut un enchevêtrement de sentiments complexes et contradictoires. Il fut heureux de constater une fois de plus combien elle l'aimait, et cela était flatteur de se sentir désiré et unique à ce point. Il sentait ses désirs la travailler, il la voyait se forcer à patienter encore, alors que lui, de façon inverse, n'avait pas le même empressement, malheureusement, et il s'en voulait d'être là. Ce salon, si parfaitement identique à ce qu'il était à son départ, lui faisait justement peur car il sentait revenir irrémédiablement les habitudes qui, trop coutumières, ressemblent bien à une mort. Il se voyait déjà reprendre les mêmes gestes, les mêmes rituels, alors qu'il avait secrètement souhaité changer, désiré autre chose sans pour autant pouvoir l'identifier clairement. Le par cœur d'une leçon trop apprise, s'il évite judicieusement les fautes, n'apporte en rien le flux vivifiant de nouvelles connaissances, quand bien même l'impossibilité de bien les posséder nous ferait commettre des erreurs blâmables. Ainsi, pouvait-il savoir dès ce salon quelle serait sa soirée, décomposée en phases immuables, et parmi celles-ci serait celle qu'il devrait consacrer aux plaisirs de son amie. Il s'en ferait un devoir moral, tant elle avait attendu, tant elle avait le mérite de si bien l'entourer, avec passion probablement, du moins avec une dévotion qu'il n'avait pas connue jusque-là chez ses anciennes conquêtes. Machinalement, il tira de sa vitrine un flacon de whisky, l'huma avec un sourire réjoui et s'en servit un verre dans lequel il retrouva tous les arômes de miel, de brioche toastée et de fruits confits exaltés par la force de l'alcool, puissante, chaude et revigorante. Ce qui lui avait été interdit des jours durant, il le prenait sans tenir compte des avis trop prévenants qui avaient entravé sa liberté, il se sentait revivre un peu. Après un diner léger, il consacra donc ses heures à son aimée puis sombra dans un sommeil bien mérité.

Au matin de cette nouvelle époque, la chambre fut baignée par les traits d'or d'un astre solaire qui avait pris possession du ciel, la journée s'annonçait magnifique, le début de l'automne était doux et sec cette année. Justine avait obtenu sa journée, et il était déjà 10h00 quand ils prirent leur petit-déjeuner. Elle lui souriait, heureuse, et cela lui plut beaucoup. Il avait envie de lui faire plaisir, de la remercier de sa sollicitude, peut-être aussi de renouer avec une sorte de fusion, du moins avec un amour un peu plus vif, "comme au début" se disait-il en se rappelant leur rencontre, le chemin qu'ils avaient parcouru pour faire connaissance et enfin se retrouver dans le même lit avec le désir ardent de coucher ensemble. Malgré sa fatigue, il s'était donc promis de l'emmener au restaurant, et c'est dans ce climat de bien-être et de tranquillité qu'ils passèrent la journée, ébauchant des projets de voyages, de sorties, des chimères pour lesquelles il se prêta au jeu malgré un lancinant appel des profondeurs de son âme l'exhortant à ne pas promettre ce qu'il savait déjà impossible. Mais comment faire devant ces yeux brillants de joie et d'amour ? Tout était au-dessus de ses forces, et surtout de lui faire de la peine, cela viendrait peut-être bien assez tôt.

Chapitre 3

Elle avait repris le travail, les jours s'enchaînaient et cela faisait des semaines qu'il était dans cet état de convalescence brumeuse où il passait le temps entre l'horizon vide d'une télévision n'apportant rien qui puisse lui donner un sujet de réflexion valable ou qui vaille la peine de s'enthousiasmer pour de nouveaux projets, et une chaise longue ou son fauteuil préféré sur lesquels il s'assoupissait bien volontiers pour faire passer le temps et retrouver plus rapidement un lendemain pourtant identique. Il n'avait pas trouvé la force de reprendre le cours de sa vie et renouer avec un dynamisme qui pourtant l'avait bien souvent mené à de grandes activités, des journées pleines où les nuits étaient encore trop courtes pour satisfaire son goût du travail et des sorties tout en songeant à dormir au moins un peu. Or, il errait sans but, et s'en cachait de moins en moins, donnant le change uniquement en amour pour ne pas être inquiétant et surtout ne pas être dérangé dans sa mélancolie par quelque obligation que ce soit à retrouver le goût de l'effort. Il avait déjà vécu de tels moments, il y a longtemps, et il s'était repris en main, c'était là son espoir et il comptait sur le temps pour le faire aboutir, pourtant il sentait que cette fois le rouage était abîmé, peut-être bien trop usé pour réenclencher la machine qu'il était et qui ne pouvait fonctionner qu'avec un moral d'acier. Son esprit faisait des allers-retours du passé au présent, des heures heureuses et traversées par une dynamique à ces moments sombres où il s'embourbait dans la solitude et l'inaction. Ainsi les minutes passaient, se transformant inexorablement en jours qui couraient presque trop vite tant chaque chose, même infime, lui semblait absorber tout son temps, et, quand le soir il se retournait, il constatait finalement qu'il n'avait rien réalisé qui puisse lui apporter un peu d'estime et c'était une infinie tristesse qui le saisissait et broyait méthodiquement toute envie en l'attirant un peu plus dans de longues mélancolies où les rêves d'une réussite disparue se mêlaient aux projets morts avant d'être nés. Alors, il se serrait contre Justine, recherchant un peu de vie pour réchauffer ses ténèbres, et il sombrait généralement, à sa plus grande satisfaction, dans ce lourd sommeil semblable à une petite mort dont il espérait toujours une renaissance, l'effacement de sa mémoire, pour découvrir un monde nouveau au petit matin.

Mais à son lever, tout était toujours plus triste que la veille. C'étaient les mêmes lieux, les mêmes errances, les mêmes solitudes pourtant choisies, le même rythme immuable, les mêmes fantômes, qui le cinglaient au visage.

La nuit, il se réveillait parfois en sursaut, repensant aux nuits du passé, celles dans l'attente de cette opération ou des plus anciennes, et il se souvenait alors de ce sentiment d'infinie solitude qui l'avait étreint, quelques heures avant le moment fatidique du bloc opératoire. Il s'était retrouvé une fois encore seul, complètement seul face à son destin, face au doute, face à cette possibilité de mourir sans même s'en rendre compte, de ne plus être sans avoir eu le temps de préparer ce départ auquel pourtant il était prêt par habitude. Il savait surtout qu'il lui était imposé d'être capitaine et passager, maître à bord, pour affronter cette tempête et naviguer dans l'eau trouble des probabilités et de la douleur, encaisser leurs chocs et résister encore et toujours à cette complexe destruction interne. Au mieux, il lui faudrait durant des années mâcher et remâcher ces indigestes maux, jusqu'à la nausée, dans ses rêves et ses peurs nocturnes, sans rien laisser en paraître devant son café le matin, sous peine de troubler le calme, la sérénité, l'humeur joyeuse et insouciante de ses proches. Combien supporteraient de voir leur journée ensoleillée et pleine de projets altérée par un visage chiffonné par de vieilles blessures et un spleen maladif ? L'amour a ses limites ; celle de ne pas perturber la marche d'une tranquillité d'esprit par des désordres dépressifs en est l'une des principales et elle coupe visiblement les désirs de nombre de personnes rêvant de normalité saugrenue, de pavillon modèle pour couple modèle dont nous assomment les publicités pour gens aux imaginations ou schémas intellectuels étriqués et d'une banalité affligeante. Elle dormait à ses côtés, sans même percevoir pleinement ces moments de solitude, ces tortures de l'âme. Elle les connaissait, mais sans doute sans en mesurer la profondeur. Les sillons qu'ils laissaient sapaient bien trop souvent toute envie. Dans les labours glauques de cette guerre incessante, l'amour s'était aussi dissipé sans qu'il n'y puisse rien, le poussant à se retrancher comme pour créer autour de lui une protection.

Généralement, pour se rassurer, il finissait par passer sa main sur les jambes nues de son amoureuse, très tendrement pour ne pas la réveiller. Il aimait la douceur de sa peau, sa chaleur, et enfin, après ce rituel, il pouvait se retourner pour tenter de retrouver le sommeil en se demandant combien de temps pourrait encore durer ce décorum sentimental avant de s'effondrer.

Chapitre 4

Le temps passait ainsi et Noël approchait à grands pas. Les magasins avaient déjà envoyé leurs catalogues de victuailles et de cadeaux. Les reportages bombardaient les écrans d'images joyeuses et de préparations festives, comme le leitmotiv d'une euphorie obligatoire.

Les pages glacées des magazines présentaient des repas gargantuesques, des sourires d'enfants, des vins et des champagnes jusqu'à plus soif. Il regardait cette débauche avec un détachement frôlant le dégoût. Rien ne lui faisait plus envie dans ces moments-là que le plus complet isolement, un retrait de ce monde dont la joie consumériste lui faisait horreur cette année. Ce n'était pas de la peur, mais une nausée qui le prenait aux tripes, une incompréhension dont la violence face à un tel bonheur s'étalant, dégoulinant, si surfait, si vain, si théâtralisé, et finalement si fat, le remuait jusqu'au fond de ses entrailles. Il avait beau se rappeler combien autrefois, enfant puis adulte, il avait aimé ces moments de fête et de partage, il n'y avait plus goût. Les cadeaux échangés en rituel obligatoire, les chants entonnés à la va-vite près du sapin, mécaniquement et sans souffle, une fois l'année, les repas, longs, bien trop longs, pendant lesquels il fallait absolument prendre part à des conversations insipides, les verres qui défilaient à en avoir mal à la tête, les sourires et les gentillesses auxquels il fallait répondre également, toute une agitation sans autre intérêt que se retrouver encore plus fatigué à son terme, il n'y couperait malheureusement pas, car Justine était déjà depuis quelques temps toute gaie à l'idée de ce grand raout familial chez ses parents, pendant lequel elle allait retrouver ses frères et sœurs et leurs gamins. Non que ce petit monde fût désagréable ou distant, mais il se représentait déjà ces moments plutôt plus rébarbatifs que plaisants. Un premier temps serait très probablement consacré à répondre à un flot de questions sur sa santé, ses activités aujourd'hui – qui pour l'instant étaient réduites à néant et de fait n'avaient aucun intérêt pour les autres – ses ambitions futures – eut-il fallu qu'il ait le souhait d'y songer un instant et d'en parler, ce n'était pas le cas – ses journées, puis en retour à ses réponses, il recevrait des propos pleins de cette compassion mielleuse plus dérangeante que réconfortante et des reproches déguisés sous la forme de conseils amicaux. Ensuite, un second temps serait perdu en discussions stériles, à l'emporte-pièce, dont il connaissait par avance non seulement les divers sujets mais aussi les répliques et digressions. Pour parfaire ce tableau, il faut vous imaginer son cadre : un salon étroit – ouvert sur une salle à manger vieillotte et surchargée – occupé par un gros sapin et une série de fauteuils dépareillés autour de la petite table basse, une sorte de promiscuité forcée propice à une fatigue rapidement pesante, accentuée par l'alcool et le bruit, sans la moindre possibilité de s'isoler, avec un apéritif se terminant inconditionnellement dans l'espace séjour, alignés autour d'une longue table de ferme pour pouvoir poursuivre par un repas durant des heures. Il lui faudrait se forcer à rester là, sourire à tous, rire aux blagues lourdes, et ne pas amener de sujets trop intellectuels car tous ne s'y entendaient pas. Sa belle, du fait d'un cursus universitaire, rompait en cela avec sa fratrie, et était la seule s'intéressant à la littérature et à l'art. Souvent, il ne comprenait pas qu'elle puisse avoir envie de ce genre de repas trop gras en tout ; il devait alors se ressaisir pour se souvenir que les liens familiaux ont généralement une force qui fait taire les différents et aplanit les débats. Il était heureux pour elle, et malheureux de devoir subir ces obligations qui, cette fois-ci, lui pèseraient plus qu'à l'accoutumée. Pourtant, il avait eu un caractère joyeux, dilettante, l'amenant à voir sous un jour rieur ces soirées dont il ressortait invariablement avec des maux de tête lancinants durant deux ou trois jours. Il en plaisantait, donnait le change sans compter pour plaire. Mais en ces premiers jours de décembre, tout ceci le rebutait. Sortir de son calme, de sa solitude, et fréquenter ces gens qu'il ne comprenait plus lui coûtait un effort titanesque. Et toujours Justine, qui ne cessait de vouloir lui faire feuilleter les idées de cadeaux, les pages de menus dans lesquels elle espérait qu'il choisirait l'entrée à apporter, les catalogues de vins pour qu'il contribue à l'achat de quelques bonnes bouteilles – car il s'y connaissait pour dénicher une valeur sûre – alors même qu'il eut fallu visiter quelques viticulteurs, autant de demandes lassantes.

Quitte à fêter Noël, un simple foie gras dégusté devant un film, quelques chants sacrés d'un enregistrement sortant tout droit d'un monastère et lui rappelant la signification même de ce moment – la joie dans la contemplation du Christ né – et quelques rêveries de l'âme, auraient suffi à son plus grand plaisir. Enfin, si pour clore la soirée par une dernière volupté il eut fallu faire l'amour, il se serait plié volontiers à cette demande qu'il aurait jugé justifiée.

Noël, Noël, le froid frappait aux portes et fenêtres, et il passait à présent tout son temps auprès de la cheminée, lové dans son fauteuil club, un livre à la main ou bien à somnoler en rêvant à d'autres vies inaccessibles. Justine, immuablement, continuait à le regarder amoureusement, sans le questionner, sans le brusquer, essayant de le distraire en lui racontant ses journées. Il lui souriait alors pour la remercier de cette présence, sans pour autant bien comprendre ce qui la retenait encore si près de lui, en cachant son désintérêt total pour ces verbiages d'une fadeur accablante. Il jouerait le jeu tant que cela lui serait possible, et il estimait bien lui devoir ce temps sans l'accabler par la distance qu'il sentait naitre chaque jour un peu plus à son égard. Son amour pour elle se transformait en fidélité, en amitié reconnaissante. Aimer, c'était peut-être aussi cela avec le temps, se disait-il pour se rassurer, un partage des lieux, un partage des repas, un partage de l'intimité, mais sans envie à force de se connaitre. Et, si jamais sa mémoire l'incitait à repenser à ses anciennes histoires où le désir n'avait jamais été altéré malgré les années, alors il se disait que l'âge faisait aussi son œuvre de sagesse et qu'il n'en désirait finalement pas plus une autre qu'elle. Comme il l'avait pressenti, les fêtes de fin d'année furent sans attrait, rébarbatives et fatigantes, mais il avait comblé son amie de présents, de bijoux, d'attentions en se montrant sous son meilleur jour entre les réveillons des vingt-quatre et trente-et-un décembre. Elle fut la seule à qui il souhaita la bonne année, car il espérait secrètement qu'elle trouverait un nouveau bonheur, peut-être sans lui, même si cette perspective l'effrayait un peu. Il ne s'imaginait pas la voir partir pour un autre, pas plus qu'il ne s'imaginait pouvoir la rendre heureuse, seulement un autre saurait peut-être éviter que son sourire ne se fane. Elle l'aimait, et cependant, pensait-il, ce n'était que parce qu'il était présent et que le temps ne faisait pas son œuvre d'oubli. Au bras d'un autre, dans un an, peut-être dans deux, que resterait-il de cet amour ? Des souvenirs, des images qui éveilleraient encore un peu de nostalgie en passant dans les mêmes lieux, en lisant une carte de restaurant ou le titre d'un film, et ajouteraient une fine perle transparente au coin de ses jolis yeux, lui donneraient l'espace d'un instant un air vaguement absent pour laisser défiler quelques bribes des anciens bonheurs, puis tout cela s'estomperait sous de nouvelles joies, de nouveaux bruits, une autre lumière, si simplement les appels de la vie. Il n'avait de toute façon pas l'ambition d'être autre chose que parfois un vague songe ; un point s'estompant dans la continuité de son existence sans lui. Il lui semblait même qu'être encore une photo dans le coffret des secrets de sa vie serait une grâce infiniment trop importante qu'elle lui rendrait puisqu'il survivrait malgré tout en une dernière relique – il ne lui en demandait pas tant – et espérait que ce cliché jaunirait, oublié à l'ombre d'un avenir radieux. Elle avait encore tant à faire, à découvrir, à voir, qu'il sentait qu'il était bien plus une prison qu'un instrument de sa bonne fortune. Lui, ne faisait plus ses voyages que dans les vapeurs d'alcool et de tabac, quand la nuit tombait et que les rêves s'éveillaient pour l'attirer vers des palais improbables, des lieux fantasmagoriques, puisant dans ses souvenirs pour les remanier et y ajouter tantôt une teinte ensoleillée, tantôt une obscurité, plaçant des personnages qui défilaient dans des histoires improbables d'amour et de désolation, des jeunes femmes prenant des trains qui lui étaient inaccessibles, des paysages d'Italie ou de Gascogne enchantant le promeneur et qui s'effaçaient pour laisser place à de sombres forêts nordiques à la rudesse inhospitalière, le laissant seul quand l'instant d'avant il partageait les baisers tendres d'une chimère. Il se réveillait sur son fauteuil encore transi d'amour et au désespoir de ne sachant comment reformer les visages aperçus, ni où les retrouver. Alors jetant un œil sur son verre à moitié vide, il s'en emparait pour le finir goulument et gagnait le lit où déjà elle dormait. Il s'y effondrait en un sommeil enfin lourd et plein qui lui laissait quelques heures de repos avant le réveil fatidique d'une nouvelle journée en éternel recommencement.

Moi qui vous raconte son histoire, je sentais combien il déclinait et s'enfermait dans sa solitude. Mes visites s'espaçaient, non que je souhaitasse le voir moins, mais ses invitations se faisaient de plus en plus rares et il sortait le moins possible. Les frimas de janvier avaient eu raison de sa volonté, ses promenades étaient à présents réduites au minimum, juste de quoi accompagner sa jolie dame quand elle se faisait trop insistante et lui montrer qu'il était encore là. Parfois un restaurant, parfois une course en ville ; elle s'en accommodait, tout en gentillesse et en caresses, elle le soutenait de tout son être sans même percevoir qu'il était déjà trop tard pour le ramener à la vie d'avant. Il avait perdu tout intérêt pour le monde qui l'entourait. La politique, la marche de la société, n'avait plus de sens et les gens qu'il croisaient bien malgré lui le désenchantaient définitivement. "A quoi bon ce bonheur surfait, m'avait-il dit, quand finalement ils finiront eux aussi par disparaître sans la moindre trace, ni le moindre regret de l'humanité ?" Leur parler lui paraissait complètement vain, et cela relevait même d'une perte de temps incommensurable alors que son bonheur ne se jouait que dans le silence de ses réflexions, de ses héros de romans à la recherche d'amour ou de fortune, dans le dédale de vies contrariées. De projet, il n'en n'avait plus aucun. Même les escapades touristiques, la découverte de lieux ancestraux, d'histoires fantastiques, de parcours glorieux dans lesquels mettre ses pas relève tout à la fois d'une insensée prétention et d'un hommage dévot à ces heures riches de notre passé ; rien de cela à présent ne l'attirait, et tout au contraire en évoquer même la possibilité le fatiguait. C'était un chemin de croix que de devoir faire un long trajet en voiture, mais ensuite et surtout de devoir supporter la foule bruyante d'exclamations vulgaires, de rires sots, de babillages stériles, dans des lieux où seul le recueillement, la piété, le silence absolu, lui semblaient être de mise et respectueux. Non, il ne voulait définitivement pas se mêler à ces inconnus, ni même, cela étant, à des gens qu'il connaitrait. L'espace nécessaire à sa vie se réduisait à mesure également que l'espace qu'il accordait à son amour pour Justine rétrécissait. Il l'aimait, et se refusait à cet amour. Il le combattait en vidant encore un peu plus son cœur, en quête d'une solution pour le fuir.

Épilogue

Cette mi-mars, il disparut. Un soir en rentrant, Justine trouva la maison vide de sa présence. Tout ou presque était là, même sa voiture ; mais pas lui. Une bouteille de whisky trônait sur la table, siphonnée de moitié, ses cigares étaient partis aussi, sans doute dans la doublure de son manteau, et quelques habits manquaient. Hébétée, elle avait parcouru de mille pas chaque pièce. Elle m'appela, et je vins. Je ne pus que constater l'absence et accomplir une déclaration aux autorités qui n'avaient guère de solution à proposer. Il était parti, il avait disparu tout en silence, ce silence qu'il aimait tant ces dernières semaines. Ce n'est que cinq jours après que Justine reçut une lettre. Il y décrivait ce petit chemin, et la beauté de l'océan vert qui éblouissait ses yeux et l'appelait inlassablement. Post-mortem, avait-il écrit en haut de son courrier, car il était déjà mort depuis longtemps, il ne lui restait que ce corps abimé et réparé qu'il abandonnerait bientôt dans ce pèlerinage en quête d'une infinie quiétude. Puisse-t-elle le comprendre et lui pardonner de souhaiter n'être plus qu'une vague nostalgie de quelques moments de bonheur dans la course des années qu'elle avait encore à vivre, heureuse.

Du même auteur

D'une rencontre, Books on Demand, 2020

Trio, Books on Demand, 2020

Le coût d'une vie, Books on Demand, 2021